Septembre 2008

Editions Mijade,
16-18, rue de l'Ouvrage,
B-5000 Namur

Traduit de l'anglais
par Marie-France de Paloméra

© 1989 Tony Ross
Titre original : I want a cat
Andersen (London)

ISBN 978-2-87142-650-9
D/2008/3712/44

Imprimé en Belgique

Tony Ross

Je veux un chat !

Mijade

Cléa voulait un chat.

Toutes ses copines avaient des animaux.

Elles en avaient des grands.
Ou bien des petits.
Cléa avait l'impression d'être la SEULE
au monde à ne PAS en avoir!

Et Cléa voulait un chat!

Ses parents disaient toujours:
«NON!»

«Ça se fourre sous vos pieds,
ça laisse des poils partout,
ça passe son temps à miauler!»

Et ils donnaient à Cléa des chats pour de faux.

Mais Cléa voulait un chat pour de vrai!

Alors elle eut une idée géniale.
Elle prit une couverture blanche toute douce,
des aiguilles et du fil,
s'enferma dans sa chambre…

…et se fit un costume de chat.

Puis elle enterra ses vêtements dans le jardin.

« Le chat, c'est moi ! »
ronronna-t-elle.

«Non mais, qu'est-ce qui te prend?»
s'écria Maman.

«Je resterai comme ça
    jusqu'à ce que j'aie un chat»,
    dit Cléa.

«Et si je n'ai pas de chat,
    eh bien, je resterai
    TOUJOURS COMME ÇA!»

Le lundi, Cléa partit à l'école.

Quand le maître vit son costume de chat,
il se fâcha si fort
qu'elle sauta
tout en haut du tableau…

…et ne voulut pas redescendre,
même pour une soucoupe de lait!

«Les chats ne mangent pas à table»,
dit Cléa.
«Même dans les endroits chics.»

«Du lait et une sardine», dit-elle au serveur.
«Une sardine crue, bien sûr!
Et vous me la servirez par terre.»

«Bien, Mademoiselle», dit le serveur.
Et Cléa se mit à sentir le poisson.

Quand ce fut l'heure du bain et du dîner,
Papa alla chercher Cléa.
«Cette fois, mon trésor, tu m'enlèves ce costume idiot!»

« Non », dit Cléa.
« Seulement quand j'aurai un chat ! »

Et puis Cléa s'endormit
sur le tapis de sa chambre.

Au milieu de la nuit, ses parents
furent réveillés par de longs
gémissements.
Et par les voisins qui
tambourinaient à la porte.

C'était Cléa sur le mur du jardin.
« Je veux un CHAAAT ! »
miaulait-elle à la lune.

«Donnez-lui un chat!»
dit Mr Dodu, pas content.

«Donnez-lui donc un chat!»
dit Mr Crochu, pas content.

«Ça devrait être défendu,
un tel raffut!» dit Mme Crochu.

«Je t'en supplie, donne-lui un chat!»
dit Maman.

Le lendemain matin, très tôt,
Papa alla chez le marchand
choisir un amour de chaton.
Il le prit dans ses bras
et frappa à la porte de Cléa.

«Cléa, j'ai une surprise pour toi!»

« Ouah ! Ouah ! » fit Cléa.
« JE VEUX… » - devinez quoi !!!